사랑하다가
기다리다가

사랑하다가 기다리다가

초판인쇄 | 2020년 1월 1일   **초판발행** | 2020년 1월 1일
지은이 | 김희영 **주간** | 배재경 **펴낸이** | 배재도 **펴낸곳** | 도서출판 작가마을
등 록 | 2002년 8월 29일(제 2002-000012호)
주 소 | 부산광역시 중구 대청로 141번길 15-1 대륙빌딩 301호
　　　　T. 051)248-4145, 2598   F. 051)248-0723   E. seepoet@hanmail.net

ISBN 979-11-5606-134-2 03810   ₩10,000

※ 이 도서의 국립중앙도서관 출판예정도서목록(CIP)은 서지정보유통지원시스템 홈페이지
   (http://seoji.nl.go.kr)와 국가자료공동목록시스템(http://www.nl.go.kr/kolisnet)에서
   이용하실 수 있습니다.(CIP제어번호 : CIP2019046269)

작가마을 시인선 38

사랑하다가 기다리다가

김희영 꽃시집

도서출판
작가마을

꽃이 되어 시가 되어

언제부턴가 나에게 꽃이 예사롭지 않게 다가왔다.
꽃에 매료되어 한 편 두 편 시를 쓰며
꽃의 세계로 깊이 빠져들게 되었다
빠져들수록 꽃이 우리네 삶이고 삶이 곧 꽃의 생과
너무나 닮아있다는 걸 깨달았다

꽃이 활짝 피기까지
그 고통 견뎌온 시간만큼 아름답다는 것을
가끔은 힘에 겨워 채 피워보지도 못하고
쓰러질 때도 있고
꽃봉오리 활활 타오르며 영원할 것만 같았던 꽃잎도
때로는 자연의 순리 앞에 맥없이 떨어져
어디론가 사라져버린다는 것을

이렇듯 우리네 삶이 그러하지 않던가
좋은 일 있으면 궂은 일도 있고

그 좋은 일도 노력해온 시간에 따라
기쁨의 크기도 다르다는 것을
지난날 몹시 아프고 서러웠던 순간일지라도
세월이 흐른 후 뒤돌아보면
매 순간마다 꽃봉오리였음에는 틀림이 없고
아름다운 추억으로 와 닿지 않던가

꽃과 더불어
삶의 길 예쁘게 걸어가야겠다
언제 어디서나 한결같은 웃음을 선사하는
꽃을 닮고 싶다
꽃이 되어
꽃 같은 사람이 되어
꽃처럼 살고 싶다

2020년 1월

김희영

김희영 시집

작
가
마
을
시
인
선
㊳

차례

제2부

여름 ― 붓꽃이 되어

김희영 시집

작가마을 시인선 ㊳

차례

제3부

가을 ― 구절초꽃

제4부

겨울 ― 매화꽃이 피었어요

사랑하다가
기다리다가 김희영 · 작가마을 시인선 38

제1부

봄 – 돌 틈에 핀 복수초꽃

돌 틈에 핀 복수초꽃

무거운 돌덩이 비집고 핀
노란 꽃 한 송이
그 작은 몸으로
어떻게 견뎌왔을까

엄동설한 이겨낸
앙증스런 춤사위
힘든 시간 홀로 내색 한번 없이
육 남매 반듯하게 키운
어머니의 삶을 닮았다

자식 마음 아플세라
힘든 기색 감추시는 어머니 얼굴같이
가녀린 꽃 한 송이
무거운 돌 틈에서 해맑게 웃고 있다

개나리꽃이여 피지 마라

개나리꽃이여 피지 마라
저 멀리 보일 듯 말 듯
네가 오는 길목이 더 좋더라

만나는 시간보다
기다림이 더 길었던
너와의 만남
너의 고운 얼굴
제대로 바라볼 틈도 없이
어느새 훌쩍 떠나버리는
텅 빈 그 허전함을 어찌할까

손주 녀석 기다리며
이것저것 만들 때가 좋듯이
노란 눈웃음 터트리는 너를 떠올리며
엉덩이 흔들며 마중 갈 때가 더 좋더라

개나리꽃이여 피지 마라
보일 듯 아련한 그 어디쯤에 머물러
봄의 문턱을 넘지 마라

갯버들꽃

얼어붙은 겨울 강 건너오면서
흘린 눈물
깊은 한숨
벌써 아득하여라

멈추고 싶을 때도
포기하고 싶을 때도 많았지만
내일이 있다고
늘 봄날을 생각했지

봄이 왔어요
버들가지에 앉은
벌떼들의 함성이
아직도 잠에 빠진 세상을 깨운다

벚꽃 필 때

3월은 하얀 자락길만 보여도
활짝 핀 벚꽃길처럼 보인다

터질 듯한 꽃망울
만개한 꽃송이 탐스러워라

부모가 자식을 바라보듯
가슴 가득 사랑스러움이 차오른다

비가 오면 어쩌나
바람 불면 어쩌나

흔들리면 꽃잎 떨어질라
부모가 자식 걱정하듯
안절부절 못하는 마음 하나

벚꽃 질 때

그렁그렁 맺힌 눈물
방울 방울 떨군다

세상사는 일
행복할 수만 있으랴
벚꽃 잎은 질 때도 아름답다
아프게 흩날리는 벚꽃 잎이
하얗게 경계를 지운다

흥건히 눈물 젖은 자리에
연초록 잎사귀 위로하듯
가만히 손을 내민다

벚꽃 지는 아픔으로
무르익는 봄

자목련

겨우 내내 말없이
무더기 무더기로 앓았던
신음소리
자목련 가슴 끓이는 속앓이로
봄이 오는 줄 몰랐네

텅 빈 가지마다
멍울로 자라 한 잎 두 잎
발갛게 터져나온다
개화開花의 아픔, 4월이
이렇게 서럽게 오는 줄
까맣게 몰랐네

장미꽃이 아름다운 까닭은

나를 꺾고 싶다면 꺾어 보라
나를 짓밟고 싶다면 밟아 보라

무심코 던진 말 한마디
무심히 던진 돌멩이 하나가
하나 둘 아픔의 가시로 돋아나서
싯붉은 상처로 타오른다

내가 아름답게 꽃피울 수 있는 건
꺾이고 밟히면서
굳은살처럼 더욱 단단해지는 가시 때문이다
가슴 깊은 곳으로 내리는 뿌리 때문이다

프리지아꽃 1

곧게 뻗어가다
휘어진다고 낙담하지 않는다

푸르게 나아가다
꺾인다고 좌절하지 않는다

잠시 쉬어간다 생각하고
다시 시작한다 마음먹고
휘어지는 설움
꺾이는 아픔 참고 견딘 자리

휘어지는 줄기마다 움이 튼다
꺾이는 마디마다 꽃봉오리 부푼다

휘어지고 꺾인 마디마디
노란 프리자아꽃 어여뻐라

프리지아꽃 2

따뜻한 봄날 친구가
향기 그윽한
프리지아 꽃다발 한 아름 안겨준다
어머나! 예쁘기도 해라
뉘집 딸일까
며느리 삼고 싶다

양지꽃을 보고 있으면

네 곁에서
이슬처럼 투명해진다

어둡던 표정 꽃빛처럼 환해지고
가슴 찌든 때 말갛게 씻겨지고

어느새 내 안에 피는
노오란 양지꽃 한 떨기

나를 보는 그대 가슴속에도
또록또록 피어났으면

튤립꽃밭에서

볼이 통통한 아가씨들
웃음보 터져버렸네
튤립꽃 찰랑거리는 우물물에
누가 내린 두레박인가
깔깔 웃음 누가 가득히
퍼 올리고 있다

튤립의 향연 속에
따끈따끈 익어가는 봄이여

괭이밥풀꽃

똑 똑 똑
노크도 없이
우리 집 화단에
살며시 놓고 간 봄
누가 보낸 편지일까

아카시아꽃 그늘에 앉아

아카시아꽃 환한
오월
·

뭉게구름처럼
아카시아꽃 그늘에 앉아
나는 보았네

온갖 풍상에 뒤틀어진
몸뚱이의 아픔을
가슴 깊이 박힌
가시의 울음을

바람 불면 부는 대로
우윳빛 물결로 흔들리는
아카시아꽃 그늘에 앉아

산수유꽃 피면 어쩌나

산수유꽃 피면 어쩌나
산수유꽃 향기에 취하면 어쩌나

아직도 어쩌지 못하는 내 마음

또다시
님 오시듯 산수유꽃 피어서
님 향기처럼 산수유 꽃내음 뿜어서
마음 흔들어 놓으면 어쩌나

봄이 오는 길목
고향마을 어귀
바스락바스락 산수유 꽃망울
터지는 소리 들린다

복사꽃 필 적에

그대 향한 그리움
견디다 못해

따사로운 봄빛을
어쩌지 못해

아프게 부어오른
복사꽃망울
왈칵 눈물 쏟아낸다

할미꽃

자주 고름 훔치며
올 곧게 걸어온 인생길
무엇이 안쓰러워 고개 숙였을까

바람 불 때마다 콜록콜록
잔기침만 하는 봄날

꽃이 피면 반가워서 눈물짓고
꽃이 지면 서운해서 눈물짓는
90세가 넘은 울 어머니

햇살 밝은 창가에
담담히 할미꽃으로 피었다

살구꽃 피는 마을

마을 한복판 우물가
살구꽃 피는 내 고향
동네 사람들 가진 것 없어도
화안히 웃으며 산다

살랑살랑 봄바람에
살구 꽃잎 눈처럼 흩날리다
나비처럼 살포시 내려앉는 살구나무
지금도 묵묵히 고향을 지킨다

아담한 마을길 친구들과 자박자박 걷다
잘 익은 여름 한 조각 눈앞에 툭 떨어지면
얼른 주워 쪼개먹던 추억
새콤달콤 봄날을 적신다

카네이션꽃

내일은 어버이날 가게의 카네이션꽃은 즐비한데
찾아오는 발걸음은 드문드문 언제 다 팔려나

공장과 점포는 휑하니 문을 닫고
출산율까지 곤두박질치는 요즘 세상

세월 가면 카네이션꽃은 누가 찾고
어디서 일을 하며 무얼 먹고 살아갈까

어버이날 지나 집안에 카네이션꽃 수북이 쌓이고
일거리 쌓여 잔업 하던 시절 그립구나

유채꽃밭에 서서

봄 햇살에 눈을 뜬 유채꽃들
한 폭의 수채화 그리고 있다

세상은 꽃이 있어 아름답듯
대저생태공원은 유채꽃이 있어 아름답다

꽃길 따라 걷는 꽃 같은 사람들
꽃 따라 활짝 웃는 꽃이 된 하루

얼레지꽃을 보라

두려울 것 없다
보여주지 못할 것도 없다

어린 봄볕에
꽃잎을 치마처럼 뒤집어쓰고
있는 그대로 열어 보인다

아쉬울 것 없다
남겨둘 것도 없다

꽃잎을 한껏 뒤로 젖혀
세상 눈치 보지 않고
아낌없이 보여준다

얼레지꽃을 보며
당당함을 배운다
진정성을 닮는다

모란꽃 질 때

핏방울
뚝 뚝 떨어진
마당

너는 지난밤
많이도 아팠구나

이 아침
네가 흘린 핏자국 지우며
무심했던 내 마음
붉게 충혈진다

그리움이 된 씀바귀꽃

발자국소리도 없이
우리 집 화단까지 달려와
봄이 한창이라고 전하는 꽃

가냘픈 씀바귀꽃 보면
오래 전 돌아가신 아버지 생각난다

해마다 봄이면 입맛이 없으시다며
쌉싸름한 씀바귀나물 좋아하셨던 아버지
한 접시 가득 봄을 무쳐드리고 싶지만
늙으신 아버지 기다려주지 않는구나

산에 들에 흔히 볼 수 있는 꽃이지만
사는 게 바빠 한 쟁반 담아보지 못한 꽃

올해도 어린 시절 고향 들판에는
씀바귀꽃 노오랗게 만발하겠지

가만히 돌아보는 그리움의 저 쪽
아버지 얼굴 아련하게 피어나는 꽃이여

청노루귀꽃이 아름다워

이제 막
첫사랑에 눈을 뜬 소녀같이
은빛 솜털
어여쁘다

봄 산자락 낙엽 비집고
보송보송 피어나는 꽃이여

살짝 눈 한 번 마주치고
몇 며칠 몸살 앓는
봄날

고개 숙인 히야신스꽃

보글보글 파마머리를 하고
까무룩 잠이 든 히야신스꽃
많이도 피곤했는지
파마머리 옹기종기 맞대고
고개를 한없이 숙이고 있네요

다닥다닥 붙은 꽃송이
서로 껴안고 있는
키가 고만고만한 형제들처럼
마냥 다정스럽기만 하네요

꽃송이 품고 품어
비스듬히 휘어진 꽃대의 등이
그저 푸근하기만 하네요

제2부

여름 - 붓꽃이 되어

붓꽃이 되어

붓 끝 벼루어
정갈한 글 한자 쓰고 싶다

붓 끝 다듬어
맑은 풍경화 한 폭 그리고 싶다

내 가슴 깊은 곳
삶의 얼룩 말끔히 닦아내고
붓끝처럼 고고한
붓꽃 한 송이 피우고 싶다

패랭이꽃을 보라

하던 일 포기하고 싶거든
패랭이꽃을 보라
메마른 땅에서도
바위 틈바구니에서도
억척스레 꽃을 피우는

살다가 혼자이고 싶거든
찬찬히 패랭이꽃을 보라
칼날에 베였을까
상처투성이의 꽃잎들
절대 흩어지지 않아

삶이 힘들 때면
뚝뚝 눈물 자국 같은
패랭이꽃을 보라
한여름에도 흐드러지게 꽃 피우는
지칠 줄 모르는 열정

꿋꿋한 패랭이꽃
가슴에 박힌다

수련화

칙칙한 푸르름 위에
하얀 지등紙燈이 수없이 떠다닌다
진흙 속에, 연못 위에
피어오른
개화의 아픔
무더위에 지친 한나절에도
저마다 불 밝히고
은밀히 피는 꽃
얼마나 인고忍苦의 세월이 흘렀기에
물속에 잠기면서
꽃으로 피었는가
생활의 파도 위에, 상처받은 가슴 속에
수련꽃은 말없이 피고 있다

개망초꽃 1

발길 닿는 곳마다
지천으로 피어 있다

어릴 적 차별받던
딸 같은 신세지만
조용히 세상을 밝히고 있다

줄줄이 딸만 낳는다고
사돈어르신께서 구박해도
흔들림 없는 친정언니처럼
발길에 차이면서도
꺾이지 않고 다시 일어서는 개망초꽃

곁에 있으면
소중함 모르듯이
눈길 주지 않아도 아름답게 피고 지는
개망초꽃처럼
향기롭고 싶다

개망초꽃 2

누가
먹음직스런
달걀후라이
부쳤을까

들판 가득
피어있는
개망초꽃

배고팠던
유년시절의 추억
꽃처럼 피어난다

박꽃이여

서러워 마라
밤에 피는 꽃이
어디 너 뿐이랴

초가지붕 위
하얀 소복 입고
울고 있는 여인

슬픔이 익어 꽃으로 피고
아픔이 삭아 열매로 맺혔다

서러움 달래는 마음 알알이
하얗게 밤을 수놓고 있다

백일홍꽃

백일동안 붉게 핀다고
이름 붙여진 백일홍꽃
한여름 태양 아래 더욱 붉다

자갈밭에서도 살아남을 뜨거운 열정으로
시들면 꽃봉오리 연이어 피워 올려
석 달 열흘 환히 꽃불을 지핀다

정화수 떠놓고 두 손 모아
지극정성으로 비는
어머니 얼굴처럼
하루도 어김없이 일 년 내내 피고 지며
우리 집을 환하게 밝힌다

호박꽃 연가

뒤뜰 남새밭 한 켠
있는 듯 없는 듯
고분고분 피어있는 꽃

길을 트고자
넝쿨을 이리저리 치우며
성가시게 굴어도
빙그레 웃기만 하는 꽃

어쩌다가
온몸이 뒤집어져도
서서히 바로 서며
나직나직 웃는 꽃

세상에
호박꽃 같은 사람 없나요
오늘도 나는
호박꽃 같은 사람을 꿈꾼다

꿈꾸는 맨드라미꽃

누굴 기다리고 있길래
무슨 꿈꾸고 있길래
온몸 불덩어리가 되도록
꼼짝도 않는 것이냐

하늘을 우러러 듯
허공만 바라보며
흔들림 없이 가는 사랑이
눈부시어라

바람도 발소리 죽인다
오직 한마음
기다림으로 꿈꾸고 선 모습에
가만히 비켜간다

치자꽃 향기에 취해

7월의 뜨거운 햇살 아래
순백의 드레스 입은
눈부신 신부

뉘 집 딸인지 단아하기도 해라
저 꽃 같은 신부를 맞이하는
신랑은 뉘 집 아들일까

신부입장을 환호하듯
한줄기 바람소리
치자꽃 화들짝 놀라
꽃향기 온 누리 퍼뜨린다

치자꽃 향기에 취해
목청껏 축가를 부르는 매미
점점 무르익는 잔치마당
펑펑 희디흰 꽃봉오리 벙근다

나도 고운 치자꽃으로 다가가고 싶다
나와 인연을 맺은 사람들에게
치자꽃 향기로 기억되고 싶다

찔레꽃

한마디 부름 없이도
발길 멈추게 하는
찔레꽃
소리치지 않는 아픔이
아름답다는 걸 알겠습니다

낯선 골짜기이지만
낯설지 않은 자태로
눈길 머물게 하는
찔레꽃
한숨 쉬지 않는 그리움이
눈물겹다는 걸 알겠습니다

돌아서서 다시 보게 하는
하얀 찔레꽃이여

달개비꽃

사람이 그리운 달개비꽃은
길섶을 향해 뻗어가고
그대가 그리운 나는
그대 사는 서쪽으로 창문을 내었어라

세상 얘기 듣고 싶은 달개비꽃은
땅바닥 기며 무더기 무더기 피어나고
그대 소식 사무치는 나는
그대 얼굴 어리는 별만 무더기로 헤아린다

달맞이꽃 사랑

그대에게 가는 길
왜 이리 멀기만 한지
목마름으로 온종일
걷고 걸어
마침내 닿은 저녁

어둠을 뚫고
밤하늘을 노랗게 물들인다

해가 뜨면 한순간 시들 생이지만
마지막 순간까지 꺼지지 않는 꽃불
그대 오실 길목을 환히 밝힌다

라일락꽃

인적 뜸한 변두리에서
너를 향해 무더기로 피어나는
그리움을
너는 모를 거야

하염없이 비 내리고
거친 바람 불어도
미소 머금은 얼굴로
한시도 너를 잊어본 적 없다는 것을
정녕 너는 모를 거야

아무리 비워도
다시 채워지는 너에 대한 사랑

너에게 닿는 날은 언제쯤일까

해당화꽃 핀 바닷가에서

꽃잎이 만나 꽃이 되듯
너와 내가 만나
꽃이 될 수 있다면

꽃이 모여 꽃밭이 되듯
너와 내가 모여
꽃밭 같은 사랑 이룰 수 있다면

거친 바닷바람
온몸 흔들어 놓은들 어떠리

화다닥 화다닥
해당화꽃처럼
발갛게 애간장 타들어 간들 어떠리

접시꽃

껑충 키 큰 접시꽃
가는 줄기에
손바닥만 한 꽃송이
주렁주렁 매달고 있지만
꺾이지 않는다

나팔꽃이 배배 꼬며
목을 부여잡아도
채송화, 봉선화가 발목을 간질어도
꼿 꼿 선채로 웃는다

벌떼들 한바탕
소란을 떨어도
한데 어우러져
향기로운 꽃밭을 만들고 있다

탱자꽃이 피기까지

농사일 하시는 어머니
갈라터진 손처럼
험한 세상 버텨내는 탱자나무
딱딱하고 깊게 가시 박혔어도
꽃망울 감싼 손길 따뜻해라

몇 며칠 앓고 일어나는
핏기 없는 얼굴처럼
파르르 떨며
피어나는 탱자꽃이 아파라

꽃을 피우는 일은
이리도 눈물겹다

백합꽃 피는 집

싸립문 들어서면
가장 먼저 백합꽃
다소곳이 인사를 건넨다

바람에 흔들리고
비에 젖으며
시련 견뎌온 탓일까
해맑은 미소가 눈부시다

더러는 외롭고 힘들기도 하겠지만
내색 한번 없이
인기척 없는 집안을
훈훈하게 데운다

해마다 6월이 오면
백합꽃 향기는 은은하기만 한데
뿔뿔이 흩어져 사는 가족들의
발걸음은 뜸하기만 하다

돌나물꽃

키 낮추지 않고는
볼 수 없는 꽃

눈 크게 뜨지 않고는
자세히 볼 수 없는 꽃

너는
키 낮추지 않아도
눈 크게 뜨지 않아도
나를 훤히 보는 구나
세상을 훤히 보는 구나

채송화

단 하루라도
세상구경 할 수 있다면
먼발치에서라도 그대 얼굴 볼 수 있다면
키 큰 나무 아래 웅크리고 핀들 어떠리
발길 스쳐 지나친들 어떠리

겨우 하루
짧게 살다가는 생이지만
꽃송이들 모여
하루를 열흘처럼 눈부시게 살다가는
삶이 있습니다

이팝나무꽃 필 무렵

꿈결인 듯
하얀 그리움으로 피어있는
이팝나무꽃

하얀 쌀밥이 푸른 가지 위에
소복소복 고봉으로 피었다

밥 굶기를 밥 먹듯 하던
보릿고개 시절
배고픔 달래주던 꽃이여

지금도 내 눈에는
이팝나무꽃이 쌀밥으로 보인다
물기 젖은 눈가에
몽글몽글 이팝나무꽃잎 부푼다

층층이나무꽃

꽃 위에 하늘
하늘 위에 꽃
무리지어 층층이 핀 꽃들이
눈 내린 다랑이 논같다

이룰 수 있는 꿈의 층계처럼
밥알 같은 꽃봉오리 가슴 부풀고

한 살 터울인지 두 살 터울인지
다정한 형제처럼
서로 서로 꿈을 키워가는 층층이나무꽃

돌탑을 쌓은 듯
기와를 올린 듯
층층이 쌓아 올린 정성이
한 계단 또 한 계단
하늘을 밟는다

꽃층층이꽃

그리움 한껏 밀어 올려
층층이 꽃피우다 보면
그대에게 닿을 줄 알았지요

층층마다
집 지어놓고
그대 맞을 생각에 가슴 뛰었지만
층층이 오를수록
텅 빈 가슴 더욱 넓기만 하네

기다림의 무게로
뿌리를 파고드는 연분홍빛 가슴앓이
바삭바삭 타는 목마름은 끝없고
영원히 채워지지 않기에
오늘 또 한층 올라
꽃을 피우나 보다

짚신나물꽃

짚신을 닮아
소박하게 피어 있다

가녀린 줄기
듬성듬성 피어있는 꽃
발길에 채일지라도
마음을 비운 듯
다소곳이 흔들리는 꿈

여름날의 끝자락
욕심 없이 피고 지는 짚신나물꽃 보니
문득 나의 소소한 일상이
감사하고 아름답게 밀물져온다

원추리꽃

기다리다가
사랑하다가
그만 목이 빠졌나 보다

사랑하다가
기다리다가
그만 목을 꺾었나 보다

송이마다 한 뼘씩 웃자란 이름

기다리다가
사랑하다가

어수리나물꽃 피는 저녁

오늘은 오랜만에 고향친구 모임하는 날
밥알같은 꽃봉오리 톡톡 터지듯
하나 둘 모여드는 친구들 발자국소리

반갑다 친구야 얼싸안고 힘껏
악수를 나누는 풍경속에 어수리나물꽃은
앞다투어 하얀 이빨을 드러낸다

줄기마다 몽실몽실 피어나는 꽃들이
어린시절 한동네서 어깨동무하며
자란 얼굴처럼 한없이 해맑아라

그칠 줄 모르는 친구들 웃음소리
까르르 어수리나물꽃 피는 소리로
한여름밤은 무더위도 잊고 깊어만 간다

사랑하다가
기다리다가　　김희영 · 작가마을 시인선 38

제3부

가을 – 구절초꽃

구절초꽃

하얀 구절초꽃
그리움으로 피었다

소슬한 바람 속에
보고픈 얼굴들 오롯이 웃고 있다

구절초꽃 피면 가을이 온다는데
어디선가 애절한 풀벌레 울음소리

아홉 개의 마디마다
사무치는 그리움 안고
가을 들녘 지천으로 나부끼는 사랑아

민들레꽃이 그리워

어릴 적 사이좋게 자라던 형제들처럼
돌담 밑에 점점이 피어있던 민들레꽃

옹기종기 모여앉아 설탕과자 만들던
유년의 추억이 꽃이 되어 피어오르고

진정한 사랑은
아낌없이 주는 일

애지중지 키워 시집장가 보내듯
단단히 여문 홀씨들 훨훨 날려 보내고

가을날 자식들 올까 기다리는 마음처럼
홀로 서 있는 마른 꽃대가 눈물겹다

유자꽃 피는 날

혼자는 외로워
푸른 나뭇가지
무리지어 피었네

서로의 등에 기대어
꿈꾸는 하얀 꽃무리
밤하늘 별처럼 반짝인다

올해는 유자가 많이 열리려나
흐드러지게 핀 꽃을 보며 하는
아버지의 혼잣말 듣네

마음을 나누듯
굵은 밑동 사랑스럽게 쓰다듬는
아버지의 거친 손이 따사롭다

토끼풀꽃밭에 누워

토끼풀꽃 아롱아롱 핀 길섶을 지나면
매양 쉬어가라 발목을 잡는다

시름 잠깐 떨쳐버리고
꽃밭에 누워보면
아슴아슴 피어나는 유년의 기억

너와 나 두 개의 풀꽃을 골라
새끼손가락 걸듯 꽃반지 끼워보며
나에게 주문을 걸었지

토끼풀꽃처럼
예쁘게 살겠다고
누구든 품을 수 있는 사람이 되겠다고

철 따라 꽃은 피고 져도
아직도 마음속에 자리 잡고 있는
유년의 토끼풀꽃 반지 하나
느슨해지려는 나에게 채찍질을 한다

아네모네꽃

슬픔을 견디느라
핼쑥해진 얼굴

앙가슴 두드리며 얼마나 참아왔을까
새파랗게 가슴이 멍들었다

슬픔 없는 삶 있을까
눈물 없는 사랑 있을까

울고 싶으면 한껏 울음 꺼내 울어라
밤마다 베갯머리 적시는 사랑아

해바라기꽃의 노래

그대 눈길 한 번 주지 않아도 좋다
하루 한 뼘씩 목이 길어지는 아픔일지라도
한껏 바라볼 수 있는 것만으로 행복할 뿐

그대 밤마다 꼭꼭 숨는다 해도 좋다
까맣게 가슴 타들어가는 그리움일지라도
아침이면 다시 볼 수 있는 것만으로 고마울 뿐

그대 영원히 나를 모른다 해도 좋다
번번이 바람 맞는 사랑일지라도
그대 이름 내 기억 속에 머물면 그 뿐

상사화꽃

잎과 꽃이 만날 수 없는
슬픔을 간직한 채
상사화가 핀다
그 아픔 꽃으로 피우듯

앞이 보이지 않는
캄캄함을 느낄 때
지푸라기라도 잡고 싶은
벼랑 끝을 느낄 때
화르르 화르르 속으로 타는
상사화꽃을 본다

새롭게 시작해 보리라
다시 일어서 보리라

그 슬픔
홀로 참고 견디리라

그 설움
홀로 이겨내리라

무릇꽃이 나에게

가고 싶은 데 가고
보고 싶은 사람 만나면
행복할까요 다가가 묻는다

고만고만 떼 지어 핀
연보라 무릇꽃이 바람에
고개를 가로 젓는다

강한 자제력이
꽃말이라는 무릇꽃답게
갖고 싶고 하고 싶어도 자제하고
가고 싶고 보고 싶어도 자제할 때
진정한 행복이 찾아온다는 것을
팔월의 뙤약볕 아래서도
무릇꽃이 대답대신 활짝 웃는다

지금 나는 얼마나 자제하며
살아가고 있는 것일까

코스모스꽃은 무리지어 필 때 더욱 아름답다

코스모스 꽃잎 밟고
가을이 오고
가을 발자국 소리에
코스모스꽃이 핀다

쓰러질 듯 가녀린 몸으로
한데 어우러진 꽃무리들
서로에게 울타리가 되어
조화로운 선율 뽑아 올린다

웃자란 꽃대 하나
뒤처진 꽃송이 하나 없이
살랑살랑 실바람 껴안아
잔잔한 물결로 노래하는
저 아름다운 화음

사과꽃따기

모진 겨울 참아내어
가까스로 세상 보았는데

너무 많이 열리면 크지 못하겠지
가지마다 끝에만 남겨두고 꽃을 딴다

활짝 핀 꽃 한 송이를 위해
채 피워보지도 못한
꽃 송아리 떨리는 손으로 딴다

하얗게 질려버린 사과꽃이
더욱 하얗다

뚝 뚝 끊어버린 어린 생명 앞에
눈도 손도 마음도 아픈 사과꽃따기

한바탕 처절한 전쟁을 치른 뒤
하얀 피로 뒤덮인 사과밭

아삭아삭한 사과가 식탁에 오르기까지
이렇게 많은 아픔 견디는 줄 몰랐다
이렇게 많은 희생 따르는 줄 몰랐다

꽃대가 흔들린다

꽃대가 흔들린다. 바람에 온몸 맡기고 흔들린다. 꽃이 흔들리는 것이 아니라 꽃대가 흔들린다는 것을 오늘에야 안다. 쓰러지지 않으려고 흔들리면서 꽃망울 터트리는 꽃대. 꽃이 향기롭게 필 수 있는 까닭은 아프게 흔들리는 꽃대 때문임을 꽃들은 알까. 환하게 미소 짓는 꽃들의 세상을 위하여 신명 바쳐 흔들리는 꽃대. 힘에 겨워 등이 굽을지라도 기쁘게 바람을 안으며 꽃 피우는 꽃대의 깊고 넓은 사랑. 아흔의 어머니가 흔들린다. 평생을 자식 위해 거친 생활의 파도를 잠재우며 흔들리는 어머니! 이 봄, 꽃보다 꽃대로 흔들리는 어머니가 아름답다. 반듯한 꽃들의 삶을 위하여 어머니로 흔들리는 꽃대가 아름답다.

무궁화꽃

이른 새벽부터 꽃을 피우는 부지런함은
송송송 도마소리로 아침을 깨우는
어머니를 닮았다
해질 무렵 살포시 꽃잎 접지만
하루를 일 년처럼 피고 진다

한 그루에서 100여 일간
피고 지는 억척스러움으로
3,000송이의 꽃을 피우는 어머니 같은 꽃이
떠오르는 햇살보다 눈부시다

"무궁화꽃이 피었습니다." 술래잡기하던
어릴 적 추억을 간직한 꽃을 바라보면
말 한마디 주고받지 않아도
가슴 아련해 지는데

인생을 잘 살다가는 사람은
떠날 때 뒷모습이 아름다운 것처럼
살아온 흔적 고이접어 떠나는
고결한 꽃이여

도깨비바늘꽃이 지면

숲속에 앉은
노란 나비처럼

이제 막 이빨이 서너 개 난
어린아이처럼

꽃이 진 자리
뾰족한 바늘꽃 소복소복 피어
살짝 스치기만 해도
콕콕 마음을 찌른다

사랑받을 땐 꽃이 되고
사랑이 식으면 가시가 되는
도깨비바늘꽃

헤어지기 싫은 짝사랑이 되어
입술 깨물며 옷자락 부여잡네

나팔꽃에게

이른 아침 해맑게 웃는
나팔꽃에게 다가가 하는 말
"지난 밤 애썼구나"
가녀린 허리띠 졸라매고
칠흑 같은 어둠 속을
얼마나 헤매었을까
땀방울 송송 맺힌 얼굴
부시다 못해 눈이 아프다
쓰러질 듯 쓰러질 듯 돌담을 부여잡고
한 계단 한 계단 가까스로 올라서며
아침을 데불고 온 꽃
파란하늘 한껏 껴안고 있다
절망을 다져 희망을 품는
너의 눈물까지도
사랑하고 싶다

일일초를 꿈꾸며

너의 이름은 일일초라네
매일 한 송이씩 핀다고
일일초라 부른다네

바글바글 올라오는 꽃봉오리
매일 매일 피어 즐거움 더해주네

일일초처럼
나도 하루에 한가지씩
좋은 일 하면서 살아야겠다

부질없는 걱정 같은 것
쓸데없는 욕심 같은 것
미련 없이 던져버리고

그렇게 그렇게 살다보면
언젠가는 내 가슴속에도
매일 매일 꽃 한 송이씩 피어나겠지

꽃 한 송이씩 피고 지며

너에게 향기롭게 다가갈 수 있겠지

능소화

입술 도톰한 여인
주황색 립스틱 곱게 바르고
나 좀 보아주세요 눈엣말 건넨다

금방이라도 뛰어내릴 듯
울타리를 넘어와 하늘거리는 능소화

바람이 흔들어도
곱게 치장한 모습 허물지 않는다

울타리 넘어 오느라 목이 길어진 능소화가
더 어여쁘고 향기 그윽하더라

과꽃이란 이름으로

과꽃과 사는 여인이 있습니다
때로는 남편처럼
때로는 친구처럼
시골집 축담 아래
자그마한 꽃밭에서 피고 지는

바람 불고 비 오는 날에도
푸른 그림자로 서서
텅 빈 가슴 채워주며
평생을 함께 해온 꽃이 있습니다

먼발치 발자국소리
마른 기침소리만 들어도
여인을 알아보는 꽃

과꽃은 여인처럼
여인은 과꽃처럼
여인의 삶을 고스란히 간직한
꽃이 있습니다

다알리아꽃 속으로

시골 동네 웃담마을
그 집 앞 지나칠 때면
낮은 울타리 너머
다소곳 서 있는 다알리아꽃

탐스런 송이송이
내 마음 발갛게 물이 들고

걸음걸음 밟히는
향긋한 꽃향기

다알리아꽃 피는 그 집이 좋아라
그 집에 사는 그 사람이 좋아라
추억을 부르는 꽃
추억에 젖어 새록새록 피는 꽃

솜나물꽃

일 년에 두 번 피는
꽃이 있답니다
봄에도 피고
가을에도 피는

낙엽 진 바닥
낮고 낮은 자리에서
눈길 한번 주지 않아도
예쁘게도 피고 지는

솜나물꽃의 꽃말이
발랄이랍니다

저 작디작은 꽃이
손길 한번 닿지 않아도
발랄하다니
일 년에 두 번이나 피다니

쑥부쟁이꽃이 전하는 말

서로에게 힘이 되고자
무리 지어 자라는 쑥부쟁이는
세상을 흔드는 비바람 앞에서도
가볍게 등 굽히며 줄기를 뻗어간다
약한 바람살에도 바짝 자세를 낮추기에
언덕바지 깊이 뿌리내리고
그 많은 가지 고스란히 지켜간다
먼저 돋은 잎 짐이 될까봐
꽃이 필 때마다 한 잎 두 잎
소리 없이 떨어진다
키를 낮추고 잎을 버리기에
포기마다 수십 개의 꽃을 피우는
쑥부쟁이꽃이 가만가만 전하는 눈엣말
낮추는 길이 일어서는 길이고
비우는 길이 곧 채우는 길임을

국화꽃 향기

곱게 물들었던 추억을
하나 둘 꺼내보듯
모락모락 김이 오르는 찻잔에
말린 국화꽃 몇 송이 띄운다
소곤소곤 국화꽃이 속삭이며 피어나고
내 마음도 국화꽃처럼 피어난다
꽃잎처럼 부푸는 꿈
향긋한 찻잔 속에 핀다
한 모금 또 한 모금
연노란 추억을 마신다
꿈을 마신다
내 안 부드럽게 스며드는 꿈의 알갱이들
따뜻하게 나를 데운다
꿈을 품어
추억이 아름다운 꽃은
꽃송이 마른 후에도 향기를 잃지 않는 것일까
국화꽃 향기에 흠뻑 젖고
삶의 향기에 취해 본다

궁궁이꽃처럼

나이는 먹어가고
살기는 더 팍팍해져
몸도 마음도
춥기는 여전하여라

그래도 몽실몽실
만개한 궁궁이꽃처럼
다시금 용기 내어
힘껏 살아봐야지

제4부

겨울 – 매화꽃이 피었어요

매화꽃이 피었어요

겨울밤
뼛속 깊이
끙끙 앓았지

세월의 풍상을 안고
시린 가지 끝에
그렁그렁 맺힌 눈물주머니
걷잡을 수 없이 터져버렸네

펑펑 우는 소리로
피어나는 봄

어머니 다시 봄이 왔어요

목련화

어둠의 긴 터널 속에서
애타게 봄을 기다리며
견뎌온 설움
참 많이도 아팠는가 보다

겨우 내내 숨죽이며
홀로 삼켜온 눈물
세상이 그리워 잎보다 먼저
꽃눈을 뜨는 목련화가
부지런히 봄을 손짓한다

몸부림치던 가지 끝마다
봉긋봉긋 꽃봉오리 솟아오르더니
시련을 딛고
목련화는 활짝 핀다

지난날의 상처는
딱지처럼 아물고
날아갈 듯

나래를 펴는 새하얀 새

영영 그 모습 그대로 멈추었으면

물망초꽃

잠시도 당신을 잊은 적 없어요
아파서 아프지 않고
슬퍼서 슬프지 않는

2월의 눈보라 속에서도
식을 줄 모르는 연보라 빛 사랑

헤어지는 것보다 서러운 건
잊혀지는 것

꽃잎 시들어 땅에 떨어져도
나를 잊지 마세요

당신의 사랑을
영원히 기억하겠습니다

꽃이 아름다운 이유

꽃이 아름다운 이유는
언제나 웃기 때문이다

눈길 닿으면
부끄러워 살포시 웃고

벌 나비 날아들면
간지러워 방긋방긋 웃고

바람 불면 흥에 겨워
깔깔깔 웃는다

너털웃음 짓는 해바라기꽃
함박웃음 짓는 함박꽃
눈웃음 짓는 안개꽃

꽃은 저마다
웃으며 잠자리에 들고
웃으며 잠에서 깨어난다

동백꽃

몸도
마음도
춥다

양파처럼
한 겹 두 겹
입술 앙다물고
살아온 세월

무슨 미련 남았을까
목이 꺾인 채로
매달려있는
동백꽃이 애달퍼라

베고니아꽃을 보며 배운다

새색시같이
사시사철 한복 곱게 차려입었다

하루도 흐트러짐 없이
일 년 내내 꽃을 피우는 베고니아꽃

단아한 눈길로
느슨해지려는 나의 일상
팽팽히 당긴다

게으름을 피우고 싶을 때
대충 대충 살고 싶을 때
사계절 피고 지는 베고니아꽃
반만 닮아보리라
반만 따라가 보리라

산꽃

변함없이 피고 지는 저 산꽃은
누군가를 기다리고 있나 보다

그 날이 언제일지 모르지만
꼭 돌아오겠다는 약속을 받아둔 듯
그 자리 떠나지 못하는 걸 보면

숲 속에 홀로 핀 저 산꽃은
누군가를 사랑하고 있나 보다

활짝 핀 꽃송이 수줍은 듯
반쯤 가리고 있는 걸 보면

와인컵쥐손이꽃

와인 한 잔 하실래요
그대에게 듣고 싶었던 달콤한 말

움츠러들었던 가슴 활짝 펴고
와인 한 잔 하실래요 따라해본다

누가 부어 놓았을까
비어 있는 듯 적당히 채운 듯
빛깔 고운 와인 잔에
잔잔히 여울지는 그대 얼굴

쨍 잔 부딪히는 소리
온갖 시름 다 잊고
발갛게 숙성된 와인을 마신다

파랗게 숙성된 신록을 마신다
달달한 와인컵쥐손이꽃 향기에 취해

종이꽃

꽃잎 만지면
바스락 바스락 경쾌한 소리
나를 만지면 무슨 소리 날까

솔솔 풍기는 은은한 비누향기
마음 끌어당기는데
나에게는 무슨 향이 날까

변하지 않아 좋은
그 소리
그 향기

꽃들은 안다

꽃이 아름다운 것은
고마움을 알기 때문이다

홀로 아름다운 꽃망울 터트리고
홀로 향기로운 꽃내음
품을 수 없다는 걸
꽃들은 안다

고마움 알기에
모든 이의 가슴에 환한 웃음을
보내는 것이다

천일홍꽃이 그리운 날에

꽃이 지는 건 잠깐이라고 하지만
31년을 기다려 부부가 된 사연처럼
천일동안 지지 않는 꽃이 있다

쉽게 돌아서고
쉽게 잊어버리는 사랑 때문에 누군가가
가슴 아파한다는 걸 모른 체
만나고 헤어지는 사람들

꽃잎의 색깔이 천일동안
변하지 않는 천일홍처럼
오래 오래 빛바래지 않는 사랑이 그립다
첫 느낌 그대로의 한결같은 사람이 그립다

꽃을 보고 있는 나는

나를 보고 있는
꽃은
활짝 웃고 있는데
꽃을 보고 있는
나는
왜 마음이 아픈지

나를 바라보고 있는
꽃은
노래하고 있는데
꽃을 바라보고 있는
나는
왜 눈물이 고이는지

팔레놉시스꽃

고사리손처럼 귀여운 꽃대 위에
살포시 내려앉는다
꽃분홍 나비 꽃

마냥 움츠러들었던
내 마음 환해지고
발그스럼 물이 든다

향기 가득 날갯짓에
좋은 일 있을 것처럼

난꽃

꽃향기는
바람 부는 쪽으로
퍼진다지만
난꽃의 향기는
사방으로 퍼져
온 세상
가득 채우누나

가시 없는 선인장을 위하여

두렵고 험한 세상
자신을 지켜 줄 보호막 가시를
모두 떼어버린 선인장

벌 뱅크는 매일같이
선인장을 보며 내가 옆에 있잖니
너를 사랑해 너를 지켜줄게
따뜻한 대화로 몇 달이 지나자
가시가 하나 둘 떨어지더니
결국 하나도 남아있지 않게 되었다니

나는 나에게 늘 사랑의 대화로
마음의 가시를 뽑고
독이 빠진 마음으로 살아야겠다
나를 대하는 사람마다 긍정의 대화로
가시 뽑힌 얼굴로 살아야겠다
가시 없는 선인장처럼

선인장꽃을 바라보며

힘겨운 날에는
가시밭에서도 웃음 짓는
선인장꽃을 본다

타는 목마름에도
메마른 땅 가까스로 뿌리내리고

온몸 가득 품은 가시 하나로
죽을 힘 다해 헤쳐 온 삶

아픔도 지나고 나면 추억이 되는 걸까
선인장꽃이 구김 없이 환하다

일이 잘 풀리지 않고 답답할 때는
가만가만 선인장꽃을 본다

겨우살이꽃은 지고

나뭇가지 뿌리내려 사는
겨우살이 우러러보니
반가운 소식 물어다 줄
까치집이 생각난다

깟깟 까치가 울면
서울로 간 아들이 오려나
시집 간 딸이 오려나

온종일 기다림 속에
또 하루해가 간다

닿을 듯 닿을 수 없는 높은 가지
초롱초롱 피어있던 꽃은 어느새 지고
겨울 햇살 포근히 감싸는 겨우살이
만져볼 수도 말 한마디 건넬 수도 없구나

가까이 살아도
마음대로 들락거릴 수 없는

자식들 집처럼

이제나저제나 애간장만 태우는

내 마음 알기나 할까

에델바이스꽃

하얀
눈꽃처럼

눈 속에 핀
별꽃처럼

나에게는 에델바이스꽃 같은
마음씨 곱고 예쁜 친구가 있다

추억 속에서 다시 추억이 되는 친구
어느새 머리에도 에델바이스꽃 피었다

무서리 내린 나의 머리카락이
친구에게도 에델바이스꽃으로 다가갈까

꽃 때문이지요

이슬이 맑은 건
꽃 때문이지요

나비가 아름다운 것도
꽃 때문이고요

바람이 향기로운 것도
꽃 때문이지요

꽃 때문에
맑고 아름답고
향기롭다는 것을
까맣게 몰랐지요

내 곁에 당신이 있어
내가 열심히 살 수 있었다는 것을
까맣게 몰랐던 것처럼

꽃과 인생

꽃망울이
도드라지기까지 한참이더니
피고 나니 금방 지네

꽃 한 송이 피우려
긴 세월 앞만 보고 달려왔더니
우리 인생 어느새 지고 있네

꽃은 져서 어디로 가는지
우리는 져서 어디로 가는지